AF262250

ESSAIS POÉTIQUES,

PAR

FLORIMOND L**.

A PARIS,

CHEZ DELAUNAY, LIBRAIRE, AU PALAIS-ROYAL,

GALERIE DE BOIS.

1821.

ESSAIS POÉTIQUES.

ÉPITRE A MON PÈRE.

Que de vers, que d'encens prodigués sans réserve,
A des gens sans vertu, par des rimeurs sans verve!
C'est vous qu'on juge ainsi, poëtes de salon,
Et vous, tristes héros, qu'un banal Apollon
Propose au genre humain pour modèles sublimes,
Vous qui de bons dîners savez payer les rimes,
C'est ainsi qu'on répond aux éloges si doux
Qu'un famélique auteur amoncèle sur vous.
Mais si d'une main ferme une muse sincère
Place en ses premiers chants le portrait d'un bon père,
On peut, et tout ici semble m'en avertir,
Critiquer le poëte et non le démentir.

O mon Père! jamais le ciel, en sa prudence,
De ses desseins cachés ne nous fait confidence;
Mais, réglant à son gré le nombre de nos jours,
S'il nous laisse un moyen d'en prolonger le cours,
Il te l'a révélé: ta longue tempérance

I

Entretient tes enfants dans la douce espérance
Qu'un jour ils pourront voir, entourés de leurs fils,
Tes dix lustres complets de dix autres suivis.

La vieillesse toujours est grondeuse et chagrine,
Et la gaîté s'enfuit quand la santé décline.
O mon Père, pour toi, toujours frais et gaillard,
Tu feras, j'en suis sûr, un aimable vieillard.
Cependant biens, santé, sont encor peu de chose;
Sur ceux que nous aimons notre bonheur repose.
Et pour connaître au mieux si, nous chérissant tous,
Sur ce point important tu dois compter sur nous,
Tandis que l'on te fête et que la gaîté brille,
Je vais examiner l'état de la famille.

Ma mère, jeune encore, unit, en cheveux blancs,
Les neiges de l'hiver aux roses du printemps [1].
Dans son ame brûlante habite la franchise;
Sa libre opinion jamais ne se déguise.
Son entretien piquant et fécond en bons mots
Charme les gens d'esprit sans offenser les sots;
On se croit plus aimable en sortant d'avec elle.
Si parfois la raison la trouve un peu rebelle,
Il faut laisser passer ses mouvements d'humeur;

[1] Boileau se vantait d'avoir mis en vers sa perruque; mais la dame ici dépeinte n'en veut point porter, quoiqu'elle n'ait que la quarantaine, et que ses cheveux soient entièrement blancs. Je ne sais si Boileau eût laissé passer le vers que cette note explique; mais au surplus l'auteur ne s'en vantera pas.

Bientôt elle revient à la voix de son cœur.
Elle veut embellir le déclin de ta vie,
Et ta fille et ton gendre ont tous deux même envie.

Sans être illuminé par un rayon divin,
Je crois pouvoir ici prédire leur destin.
Pour eux les passions n'auront jamais d'orage.
Abritant près du tien leur tranquille ménage,
Ces deux jeunes époux prouveront que l'hymen
Ne perd rien de son charme au second examen[1].
Tu les verras toujours empressés de te plaire;
Leurs paisibles vertus, leurs goûts, leur caractère,
Te présagent, mon Père, un riant avenir.
Ce sont d'aimables gens, il faut en convenir.

Tu vois qu'à tous les deux je sais rendre justice.
Pour ma sœur, elle a bien quelque peu de malice;
Je ne suis pas toujours à l'abri de ses traits.
Heureux! si j'avais su, n'y répondant jamais,
Me prêter doucement aux bons mots d'une femme,
Et, d'un silence adroit, émousser l'épigramme.
Se rire d'un poëte est-ce donc un grand tort?
Je lui pardonne tout, et le fais sans effort,
Comme un frère, un ami, qui l'aime, qui l'honore.

Certain original me reste à peindre encore :
Instruit par la nature, et fidèle à ses lois,

----

[1] Mariés tous deux en secondes noces.

I.

Dès l'âge le plus tendre il entendit sa voix ;
Pour guides choisissant ses plus chers interprètes,
Sa main osa toucher la lyre des poëtes.
Mais bientôt des Neuf Sœurs abandonnant la cour,
Quand vint le temps d'aimer il fut tout à l'amour !
Et cependant l'amour, si puissant à son âge,
N'adoucit point en lui certaine humeur sauvage,
Et ne put de ses mœurs corriger l'âpreté.
Mais ce jeune Caton, qui, dans sa gravité,
Ne voulait voir par-tout que des vertus austères,
Revenu maintenant de ces vaines chimères,
Commence dans le monde à dérider son front
Et cherche les plaisirs, comme tant d'autres font.
Bannissant désormais une altière tristesse,
On ne le verra plus alarmer ta tendresse ;
Et même chaque jour, réformant ses travers,
Il suivra tes avis, je le jure en ces vers !
(Et mon vers ne dit rien que mon cœur ne le pense) :
Et ta félicité sera ma récompense !

D'après tous ces portraits, à tes yeux exposés,
Tu vois que nos esprits sont fort bien disposés ;
Goûte donc le bonheur que chacun te désigne.
O mon Père, quel homme en fut jamais plus digne ?
Chéri de tout le monde et par-tout respecté,
On vante en toi les mœurs, la foi, la probité ;
Malgré tes longs travaux voilà ton opulence.
Insensible aux attraits d'une fortune immense,

Ta noble intégrité ne sut jamais fléchir.

« Perdre l'honneur, dis-tu, ce n'est point s'enrichir.

« L'homme qui fait de l'or le prix de ses bassesses,

« Bientôt avec effroi contemple ses richesses. »

Ta vie est dans ces mots... Doux, vrai, sans passion,

Tu joins à l'équité la modération.

Ta main du malheureux aime à sécher les larmes;

Tu sais à l'amitié prêter de noùveaux charmes;

Et pour nous, qui goûtons le fruit de tes vertus,

Chaque jour de ta vie est un bienfait de plus.

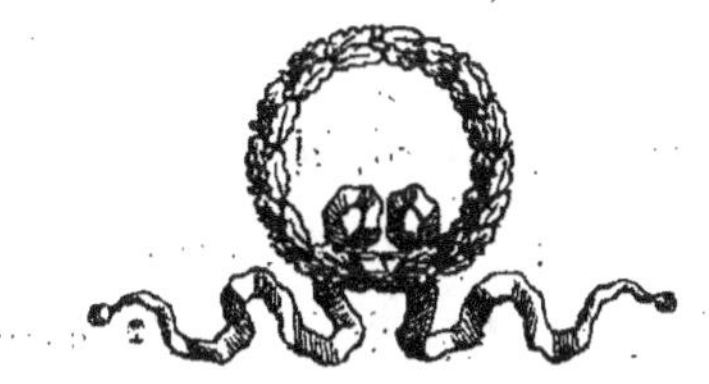

EDMON.

L'age d'Edmon échappait à l'enfance ;
Les palmes du collége, ornant son front vainqueur,
A peine au seuil de l'existence,
Annonçaient le génie et montraient le bonheur ;
Chaque fois qu'il remporte une douce victoire,
Sur le sein de sa mère il jouit de sa gloire.
Cependant le jour vient où des succès nouveaux
Vont, en comblant ses vœux, couronner ses travaux.
Un vaste amphithéâtre, où la foule s'empresse,
A déja retenti sous mille cris joyeux ;
De ces jeunes rivaux la touchante allégresse
Passe dans tous les cœurs, brille dans tous les yeux.
Les vainqueurs sont nommés ; la fanfare éclatante
A doublé les transports d'une jeunesse ardente ;
Le nom d'Edmon est prononcé !
Les regards inquiets le cherchent... qui l'arrête ?
Quoi ! ce jeune vainqueur ne s'est pas élancé
Vers le laurier chéri qui va parer sa tête !
Enfin on l'aperçoit... il s'avance à pas lents,
Ses deux mains couvrent son visage ;
Tous les rangs devant lui s'ouvrent pour son passage ;

Quand il reçoit le prix qu'on décerne aux talents,
On le voit chanceler sur ses genoux tremblants :
    De la foule qui l'environne
Il évite bientôt le regard curieux ;
Dans l'asyle des morts, pâle, silencieux,
Il va sur un tombeau déposer sa couronne.
Vous qui l'avez suivi, vous avez entendu
Ce langage muet d'une douleur amère ;
Du triomphe pour lui tout le charme est perdu !
    L'infortuné n'a plus de mère !

ODE A M. GUÉRIN.

La Peinture à la Poésie
Emprunte des traits immortels;
Divinités sans jalousie,
Elles ont uni leurs autels.
Qui sut enrichir sa palette
Des nobles récits du poëte,
Du poëte devient l'égal;
Le chantre et le Peintre d'Énée
Ont ravi notre ame étonnée,
Et Virgile trouve un rival.

Sur le faux Ascagne penchée,
Didon l'approche de son sein;
Et de la bague de Sichée
L'enfant médite le larcin:
Sous ses doigts déja l'anneau glisse.
Reine, il sourit avec malice,
A ton languissant abandon!
Encore un moment... et le traître,
De la bague devenu maître,
Sera le maître de Didon!

Jamais, du fond d'un mausolée,
Les mânes plaintifs de l'époux
Contre sa veuve consolée
N'ont fait éclater de courroux;
Aux regrets il faut mettre un terme;
Sous la tombe qui le renferme
D'un mari se perdent les droits.
Crains-tu le feu qui te dévore?
Didon, tu peux aimer encore:
Ce n'est pas trop d'aimer deux fois!

Ta résistance est inutile,
L'amour te range sous sa loi;
Guérin conspire avec Virgile
Pour te faire aimer malgré toi.
Ne rougis donc plus d'être amante;
L'erreur d'une femme charmante
Ne doit point trouver de censeur;
Mais s'il en est un pour la tienne,
S'il ose t'accuser... qu'il vienne...
Il sera séduit par ta sœur.

J'aime la reine de Carthage;
J'aime ses traits majestueux;
Mais sa sœur me plaît davantage[1].
Que son air est voluptueux!

[1] Une préférence n'est pas un jugement; les deux sœurs sont ravissantes.

Que de grace dans son sourire !
Que de finesse !.. elle respire...
Près d'elle on voudrait s'élancer !
Guérin à Virgile est fidèle ;
Mais en surpassant son modèle
Lui seul a pu se surpasser.

Ah ! si, conquérant légitime
De tant de chefs-d'œuvre divers,
Des traits dont la toile s'anime
Je pouvais animer mes vers !
Je pénétrerais dans l'asyle
Où, montrant Sextus immobile,
Guérin le livre aux coups du sort,
Et place, ô scène déchirante !
A ses pieds sa fille mourante,
Sa femme sur son lit de mort.

Je montrerais le regard sombre,
La pâleur, les traits abattus,
Et le visage voilé d'ombre,
Et le désespoir de Sextus.
Je ferais voir la main glacée
Qui, dans la sienne entrelacée,
Semble unir la mort aux douleurs.
Ou bien, avec la jeune Aurore,
Mes vers sur l'amant qu'elle adore
Se plairaient à jeter des fleurs.

J'ai tracé l'image riante
Que le pinceau sut embellir;
Devant une scène effrayante
Verra-t-on mon âme faiblir?
Et verra-t-on la poésie,
Sombre et d'épouvante saisie,
Comme moi tressaillir d'horreur?
Clytemnestre s'offre à ma vue;
Et déja ma muse éperdue
N'ose contempler sa fureur.

A sa main qui tremble et se glace
Le poignard est près d'échapper;
Égisthe en vain montre la place
Où sa complice doit frapper;
Clytemnestre à l'effroi succombe;
Près du forfait son bras retombe....
Il la soutient... cruels efforts!
En voyant l'auguste victime,
Avant de commettre le crime,
Elle en a senti les remords.

Quelle main hardie et savante
Répandit sur les sombres traits
D'une Clytemnestre vivante
L'horreur de magiques reflets?
Et, prenant Sophocle pour guide,

A peint la fureur homicide
De l'épouse d'Agamemnon ?
La même qui, devant Thésée,
Montra l'innocence accusée,
La même qui peignit Didon !

ÉPITRE

A UNE JOLIE FEMME.

ESTELLE, ne crois pas que ta froideur m'irrite :
Mes soins n'ont pu te plaire... et je t'en félicite.
De tes piquants attraits devenu possesseur,
Tu n'aurais vu dans moi qu'un rigoureux censeur;
J'eusse trouvé par-tout mille sujets de blâme.

Sauvage usurpateur des droits de l'amitié,
J'aurais de cent façons tyrannisé ton ame,
Et ma franchise altière eût été sans pitié
Pour ces jolis défauts dont se pare une femme.
Mon amour ombrageux eut dépeuplé ta cour
De ces adorateurs qui profanent l'amour;
Pour rendre mon Estelle une femme achevée,
   Essayant de changer ses traits,
   Ma bizarre humeur l'eût privée
   De la moitié de ses attraits.

Ton aimable abandon aurait bientôt fait place
Au timide maintien d'une gauche pudeur;

D'un air embarrassé j'aime assez la fadeur ;
Juge combien le tien eût perdu de sa grace !
Il t'eût fallu cacher les feux d'un œil brillant
Sous l'humide rempart de ta longue paupière ;
Ta folâtre gaîté, ton esprit pétillant
      Eussent subi réforme entière.
      J'eusse encor voulu retrancher
De tes discours mordants l'âpreté dédaigneuse ;
Enfin ta destinée eut été bien affreuse,
Si ton cœur à mes vœux se fût laissé toucher.

Mais que t'aurait donné, pour tant de sacrifices
Un rêveur importun, qui t'égale en caprices ?
Tendresse, enthousiasme, hommages séduisants,
Soins toujours empressés, feux toujours renaissants ;
T'entourant, t'enivrant de mes vives caresses,
Ma lyre eût célébré, sur mille tons divers,
Nos plaisirs, nos transports, nos brûlantes ivresses,
Mon ame tout entière eût passé dans mes vers !
Mais, quoi ! brûlant pour toi d'un amour ordinaire,
      Sans chanter d'hymne en ton honneur,
Sans te vouloir parer d'un charme imaginaire,
Un autre, en t'aimant moins, fera mieux ton bonheur.

STANCES

A M. M***,

SUR SON EXIL DE L'INSTITUT [1].

Laissons tous ces flatteurs, l'opprobre du Permesse,
Au char de la fortune enchaîner leur bassesse
Et mourir oubliés sur des lauriers flétris;
L'enfant de l'Hélicon, loin d'obtenir la gloire,
S'avilit en cherchant le temple de mémoire
Aux lieux où la puissance élève ses lambris.

Au caprice des grands s'il court vendre sa lyre,
La muse, le frappant d'un stérile délire,
Lui retire à jamais ses sublimes transports.
Mais s'il offre un cœur pur au Dieu de l'harmonie,
Il peut chanter le sage au séjour du génie,
Et la vertu sourit à ses libres accords.

Nuit des siècles passés, qui dissipe tes ombres?
Mes regards étonnés percent les voiles sombres
Où se dérobe en vain l'obscure antiquité.
Heureux, qui, se formant, dans le sein de l'étude,

[1] Rappelé depuis par le Roi.

De fertiles loisirs une douce habitude,
Ariste, comme toi, brave l'adversité!

Sous les coups redoublés de la foudre qui gronde
Les cieux tremblent frappés d'une terreur profonde;
Le souverain des Dieux a rendu ses décrets.
Apollon exilé fuit le séjour céleste;
Il n'a plus ses honneurs, mais sa lyre lui reste,
Il retrouve le Pinde au milieu des forêts.

On lui rendit bientôt le char de la lumière,
Lorsque oubliant les cieux dans une humble chaumière
Il sut de son exil rendre les Dieux jaloux.
Dieux de la terre, Rois, l'avenir vous contemple,
La muse pour ses fils vous redemande un temple;
Leur immortalité doit rejaillir sur vous!

Eh! pourquoi verrait-on votre injuste vengeance
Des mortels éclairés poursuivre le silence?
Soyez bons, soyez grands, ils ne se tairont plus.
A la postérité, qui sur vous l'interroge,
Leur ombre dicte encore ou le blâme ou l'éloge,
Et flétrit un Néron, ou célèbre un Titus.

ÉLÉGIE.

LIEUX immortalisés par le chant des poëtes,
    Bois, fontaines, bocages verts,
    De la muse aimables retraites,
Détruites par le temps, vous vivez dans leurs vers !

    L'amant de Laure a célébré Vaucluse,
A peine on reconnaît ce fortuné séjour;
Sa muse en fait encor l'asyle de l'amour.
Les eaux que chante Horace et qu'épanchait Blanduse
    N'arrosent plus le sol romain;
Le voyageur les cherche et les demande en vain
Au pâtre qui sourit de l'erreur qui l'abuse;
    Horace y passa d'heureux jours:
    De cette fontaine fameuse
C'est en vain que le temps a suspendu le cours;
    Ranimant son onde écumeuse,
Ses vers harmonieux la font couler toujours.

O toi ! qui méritais de n'être point obscure,
    Simple fontaine, où, dès mes premiers ans,
Je venais admirer le cristal d'une eau pure,
    Si la douleur n'attristait pas mes chants,

Mes vers s'embelliraient, pour célébrer ta gloire,
Des plus doux souvenirs que m'offre ma mémoire;
Mais il faudrait penser que vers tes bords chéris
Je ne conduirai plus le meilleur des amis,
Et mes pleurs troubleraient ton onde solitaire!
Hélas! s'il fût resté plus long-temps sur la terre,
S'il eût eu plus de jours; moi, plus de jours heureux!
    C'est lui dont la muse légère
Aurait peint notre cœur et retracé nos jeux.

Déja d'autres plaisirs, doux besoins d'un autre âge,
    Nous faisaient chérir ta fraîcheur;
D'un riant avenir nous nous tracions l'image:
    Mais tous ces instants de bonheur
Que l'amitié créait dans un songe enchanteur,
Nous ne les avons vus que sous le verd feuillage
Du chêne qui te prête un poétique ombrage!

    Lorsque je contemplais tes eaux
Qui, commençant à peine une rapide course,
Arrosent quelques fleurs, et, non loin de leur source,
    Se perdent près de ces coteaux;
    Songeant à notre court passage
    Sur cette terre de douleurs,
Je sentais de mes yeux s'échapper quelques pleurs,
Sans que rien me fît voir un plus triste présage!
Et cependant la fleur qui ne vit qu'un matin,
    L'onde pure qui la fait naître

Et qu'on voit bientôt disparaître,
Et mon ami, devaient avoir même destin !

    Peu de mots feront son histoire :
  A dix-huit ans il entrevit l'amour,
Sourit à l'amitié, s'élança vers la gloire,
Et digne de tous trois disparut sans retour !

Sur le point d'expirer il me remit sa lyre ;
Elle eut entre ses mains éternisé tes bords.
Ne l'attends pas de moi ; tous les sons que j'en tire
Forment de douloureux, non d'immortels accords.
Des coups d'un sort cruel je n'ai plus rien à craindre ;
L'homme, dont le génie est tout dans l'amitié,
Quand il perd son ami doit mourir oublié !
Contemple mon destin et cesse de te plaindre :
    Je suis obscur ainsi que toi ;
    Ma vie, à peine à son aurore,
    S'éteint sans me causer d'effroi,
    Et tes eaux couleront encore
Qu'on ne parlera plus de mes vers ni de moi.

TRIBUT A VOLTAIRE.

(FRAGMENT.)— 1815.

Je vois à son aspect se dissiper l'erreur ;
Le fanatisme ardent a rugi de fureur ;
Et son génie, armé pour venger la Nature,
De son trône sanglant fait tomber l'Imposture !
Les peuples à sa voix ouvrent enfin les yeux,
Et lèvent sans pâlir leurs regards vers les cieux.
Ils respectent les rois, quand une paix profonde
A fait chérir en eux les bienfaiteurs du monde.
Mais vous, qui gouvernez en foulant l'équité,
Tyrans, devenez rois, aux cris de liberté !
Grands, ayez des vertus... ou tremblez pour vos crimes !
Les préjugés font place aux vérités sublimes !....
O grand homme ! un moment troublé par des forfaits,
L'univers, en délire, accusa tes bienfaits !
On les a vus, brûlants d'une impuissante rage,
Dans le sein des tombeaux te prodiguer l'outrage ;
Après cent ans de gloire, on a vu tes écrits
Mis au rang des fléaux, abhorrés et proscrits ;
Mais l'éclat immortel de ton génie immense

Brave de ces clameurs la jalouse démence :
Pour ta gloire qu'en vain leur fureur veut ternir,
Cent ans déja passés ne sont point l'avenir ;
Elle doit traverser encor bien des orages
Pour triompher en paix dans le lointain des âges !

A M. C. DELAVIGNE,

APRÈS LA PREMIÈRE REPRÉSENTATION

DES COMÉDIENS.

Oui, je les ai bien entendus
Ces vers charmants où Granville refuse
Les vains plaisirs du monde à ta modeste muse.
Vivant pour l'avenir, tu ne t'appartiens plus;
Mais l'amitié réclame une part dans ta vie.
Du petit déjeûner où le cœur te convie
Les rapides instants ne seront point perdus:
Je promets, et tu peux m'en croire,
J'aime trop mes plaisirs pour nuire à tes travaux,
De ne dérober à ta gloire
Que le temps de vider un flacon de Bordeaux.

VERS

POUR METTRE AU BAS DU PORTRAIT

DE M. VILLEMAIN,

PROFESSEUR D'ÉLOQUENCE.

Il nous fait admirer dans nos grands écrivains
Les traits que leur génie emprunte à la nature ;
Et quand il nous a lu leurs chefs-d'œuvre divins,
Il parle... et l'on croirait qu'il poursuit sa lecture.

ÉPITRE.

L'AME DU POÈTE.

Pour toi, cher Philémon, j'avais monté ma lyre :
Tu retiens tout-à-coup le zèle qui m'inspire ;
Tu crains que, dans son vol, mon Pégase peu sûr,
Emportant le poète et l'avocat futur,
Ne puisse soutenir sur son aile tremblante
De ce double fardeau la charge trop pesante,
Et, suivant avec peine un essor incertain,
Ne les laisse tous deux au milieu du chemin.
Avant que, trop séduit par l'erreur d'un beau rêve,
A des sujets plus hauts mon faible esprit s'élève,
Ta raison, à grands traits, me dépeint le danger
De la route où deja tout semble m'engager.
Mais réunis sur moi tous les malheurs ensemble !
Sous les coups du destin crois-tu que mon cœur tremble ?
Non ; les plus grands revers ne pourront rien sur moi ;
Pour des maux plus réels je garde mon effroi :
Je crains le sort de l'homme, abreuvé d'amertume,
Que le feu de la gloire et nourrit et consume ;
Qui ne goûta jamais un instant de repos
Et ne doit qu'à lui seul son bonheur ou ses maux.
Heureux l'être indolent dont la tranquille vie

Coule dans les douceurs d'une longue apathie ;
Qui, pour un vain renom ne se troublant jamais,
A mourir plein de jours borne tous ses souhaits,
Ignore les tourments d'une pénible veille,
Et dont le teint fleuri, la figure vermeille,
Quoiqu'empreints du cachet de l'insipidité,
Font même aux gens d'esprit envier sa santé !
Qu'un poète à cet homme un moment se compare :
Pour le Pinde toujours la fortune est avare ;
Mais qu'il ait ses faveurs, qu'il soit sans envieux !
Voyons sous cet aspect le favori des Dieux.
Cet instinct, qu'il appelle une flamme divine,
En tous lieux, le poursuit, l'agite, le domine ;
Sans cesse le berçant de folles visions,
Le livre tout entier au feu des passions ;
Unit l'enthousiasme à sa mâle franchise,
Allume et fait tonner un courroux qui l'épuise,
Et ne laisse jamais pour lui se ralentir
Les nobles mouvements d'un cœur fait pour sentir.
Consumé des transports où sa muse le livre,
S'il ne vit qu'à demi, c'est pour mieux se survivre !
Comptable à l'avenir de chacun de ses jours,
D'une trace de gloire il veut marquer leur cours ;
Il chante ses amis, il chante son amante....
Et son bonheur s'envole, aussitôt qu'il le chante !...

A de riches festins se trouve-t-il admis,
Ou dîne-t-il sans faste avec quelques amis ;

Les mets et les bons vins ne le font pas sourire :
Avant de les goûter, il songe à les décrire ;
Et si cherchant la rime, il ne la trouve pas,
De table il va sortir pour peindre le repas [1] !..
Sa muse, loin du bruit, cesse d'être rebelle ;
Il revient au salon où la gaîté l'appelle.
Ses vers sont faits... Mais quoi ! tous ses traits obscurcis
Semblent garder encor l'empreinte des soucis.
Quel chagrin le poursuit et le tourmente encore ?
Ces concerts enchanteurs, ces jeux de Terpsichore,
Enfin tous ces plaisirs où brille la gaîté,
Où préside le luxe, où règne la beauté ;
Au lieu d'y prendre part, tout bas il les accuse
De retarder l'instant où doit briller sa muse.
C'est lorsqu'auront cessé les danses, les concerts,
Qu'on daignera donner audience à ses vers !
Ou bien, avant le bal, qu'il tente de les lire,
Pour voir trente beautés aussitôt le maudire :
« Quel homme déplaisant avec ses vains propos !
« Diront-elles ; ses vers sont peut-être fort beaux,
« Mais doit-il espérer de nous des récompenses,
« Pour nous avoir fait perdre au moins deux contre-danses !

Au sein de sa famille il faut le contempler :
Souvent il restera des heures sans parler,
On ne saurait tirer un seul mot de sa bouche.

---

[1] Un poëte sortir de table avant la fin du dîner ! Les exemples sont rares, mais on en trouverait.

Jeune Elvire, en voyant son air sombre et farouche,
Croirais-tu que, pour toi, peut-être en ce moment,
Il prodigue en ses vers le sel et l'enjouement?
Ne va pas le troubler, ou vois par sa colère
Combien son Apollon est jaloux de te plaire!

Mais qu'il aille au théâtre; il voit, plein de terreur,
L'homme sur qui le sort épuise sa fureur.
En vain, frais et dispos, Talma sait, à merveille,
Unir la mort du soir au trépas de la veille;
Il rentre tout pensif et, déplorant son sort,
Plein d'une sombre image il se couche et s'endort.
Dégouttant de forfaits, le misérable Oreste
Le trouble, le poursuit dans un songe funeste,
Et vient, pâle et sanglant, pour comble de noirceur,
D'un moment de sommeil lui ravir la douceur!

Il doit le jour suivant oublier, chez Thalie,
Les tragiques horreurs dont son ame est remplie.
Cette muse sans doute a pour lui plus d'attraits;
Elle va ramener la gaîté sur ses traits?
Bon! la scène est ouverte aux pièces de Molière...
Aux rires prolongés de l'assemblée entière:
Il gémit... des pleurs même ont coulé de ses yeux...
Il s'écrie, « En peignant les mœurs de nos aïeux,
« Ce Molière a dépeint tous les temps, tous les hommes,
« Et, malgré les travers du vain siècle où nous sommes,
« Son génie étonnant nous réduit à pleurer
« De ne pouvoir jamais, hélas! que l'admirer!»

Cependant du grand homme il détourne la vue ;
Il compose une pièce, et sa pièce est reçue...
Elle est même jouée avec quelque succès :
Heureux ! si le public ne s'en lassait jamais,
Et si mille rivaux n'assiégeaient point la scène.
Il accorde à regret aux fruits d'une autre veine
Un suffrage douteux qu'il ne peut refuser ;
Mais leurs pièces jamais ne sauront l'amuser.
Les éloges flatteurs que le public leur donne
Sont autant de fleurons qu'on ôte à sa couronne !

Tu vois que tes conseils, Ami, sont superflus ;
D'un métier sans plaisir qu'on ne me parle plus !
Il en coûte trop cher pour aller au Parnasse ;
J'en crois ce pauvre Eudor dont la plainte me glace :
Ce rimeur d'un laurier voulait ceindre son front ;
Quand de plusieurs refus l'insupportable affront,
Le faisant renoncer aux palmes du génie,
Le guérit pour toujours de sa folle manie.
Mais il n'oublia point le méprisant accueil
Dont même après quinze ans soupire son orgueil :
« Jadis le ciel, dit-il, pouvait faire un poète...
« Il ne redoutait pas l'envie et la disette ;
« Un fléau, surpassant ces fléaux destructeurs,
« L'accable maintenant... ce sont les directeurs ! »
Puis, il raconte encor sa lamentable histoire,
Les efforts conjurés pour étouffer sa gloire :
Enfin le directeur qui, rejetant ses vers,
D'un grand homme peut-être a privé l'Univers !

UGOLIN.

IMITATION DU DANTE.

Nous quittons ce pécheur.[1]... bientôt à notre vue
S'offrent de deux Pisans les fantômes hideux;
Sur un étang de glace ils frissonnaient tous deux.
L'un sous l'autre abattu veut se défendre encore;
Le vainqueur, que la faim, que la haine dévore,
Rugit sur sa victime et cherche avidement
Dans son crâne entr'ouvert un horrible aliment.
Tel que l'homme affamé se roule avec colère,
Sur le pain, qu'en tremblant on jette à sa misère:
Tel Tydée arrachait aux mains de ses soldats
L'ennemi dont la mort ne l'assouvissait pas;
Et, pressant, secouant sa dépouille sanglante,
La déchirait encor d'une bouche mourante.

« Toi que la rage enflamme, et qui peux, sans horreur,
« D'un semblable festin repaître ta fureur!
« M'écriai-je, frappé d'une terreur subite;
« Quels furent tes destins? Le transport qui t'agite

[1] Bocca. La scène est aux enfers.

« Fut sans doute allumé par les affronts sanglants
« Dont t'abreuva la haine au séjour des vivants ? »

Le fantôme, sur moi levant un œil farouche,
Semble écarter le sang qui fume de sa bouche :
Qu'exiges-tu, dit-il? qu'un récit douloureux
Réveille dans mon cœur des souvenirs affreux!
Tu seras satisfait; que du moins l'infamie
S'attache pour toujours à cette ombre ennemie!
De ce prix consolant tu dois payer les pleurs
Que répand l'opprimé racontant ses malheurs.
J'ignore à qui je parle, et quel destin bizarre,
Vivant, t'a fait descendre aux gouffres du Ténare;
Pour moi, je suis de Pise, et m'appelle Ugolin.
Celui-ci, c'est Roger, Roger mon assassin!
Écoute ses forfaits, frémis de mes tortures,
Et qu'ils vivent par toi chez les races futures!

Te dire quel complot me mit en son pouvoir,
C'est un soin inutile, et tu dois le savoir.
La tour où je péris, tu la connais encore;
Mais l'horreur de ma fin, voilà ce qu'on ignore!..
Déja, depuis deux jours, s'était ouvert pour moi
Le cachot ténébreux où veillait mon effroi.
Le sommeil un moment, vient sur la froide pierre
Engourdir mes douleurs et fermer ma paupière;
Un songe horrible, affreux, m'annonce que le sort
Ne me réserve plus qu'un avenir de mort!...

Je vois, je vois Roger, entouré du cortège
De tous ces vils flatteurs que le crime protège,
Poursuivant, aux clameurs des Sismonds, des Gualands,
Un loup qui suit de loin ses louveteaux tremblants.
La meute les atteint de sa dent meurtrière,
Et les roule sanglants dans des flots de poussière :
Le loup tombe, et bientôt tous ces monstres hurlants
Se sont désaltérés tour-à-tour dans ses flancs.
Au-delà du réveil mon trouble se prolonge ;
Des plaintes m'ont frappé, ce n'était plus un songe !
Dans un sommeil brûlant, c'étaient, c'étaient les cris
Que la faim dévorante arrachait à mes fils...
Ils demandaient du pain... ton cœur n'est pas de glace,
Étranger, tu frémis du coup qui nous menace !..
De crainte dévoré, j'attendais le moment
Où, suivant l'habitude, un grossier aliment,
Au fond d'un noir cachot nourrissant la souffrance,
Chaque jour, dans nos cœurs ramenait l'espérance.
Tout-à-coup, un bruit sourd excite ma terreur...
Je doute, je frémis,... ô comble de l'horreur !
Un mur ferme à jamais de sa masse homicide
La tour où doit en vain rugir la faim livide.
Mes sens, à cet aspect, restent anéantis ;
Mes regards douloureux se portent sur mes fils :
Heureux si, pour répondre à leurs tendres alarmes,
Mon désespoir muet avait trouvé des larmes !
Tout le jour, je me vis entouré de leurs bras.
Ils pleuraient, me parlaient... je ne répondais pas.

La nuit, même silence... un rayon de l'aurore
Pénétra dans la tour... même silence encore!
Je regardais mes fils, songeais à leurs destins,
Et dans mon désespoir je me mordis les mains.
Croyant voir de la faim l'insupportable rage,
Mes fils viennent à moi: «Quel amour! quel courage!
« Que fais-tu? disent-ils, tu veux te dévorer;
« O mon père pour toi c'est à nous d'expirer.
« De la nature ici ne crains pas les murmures;
« Nourris-toi de nos corps; abrége nos tortures;
« Tu peux nous enlever ces misérables chairs:
« Elles sont à celui qui nous en a couverts!»
Le jour suivant, plongés dans un morne silence,
Combattant de nos maux l'horrible violence,
La plainte de nos cœurs ne put encor sortir.
Que n'ouvris-tu ton sein, terre, pour m'engloutir!
Le quatrième jour nous éclairait à peine;
Un de mes fils, Gaddo, jusqu'à mes pieds se traîne:
« Mon père, quelle main pourra nous secourir!
« Tu ne peux nous sauver!..» et je le vois mourir...
Nous venions de toucher à la sixième aurore,
Et comme je te vois, oui, je crois voir encore
L'un sur l'autre mes fils tomber tous expirants,
Et mon cachot trembler sous mes cris déchirants.
Je me traîne à tâtons dans cette horrible tombe:
Sur le corps de mes fils je me roule, et succombe!..
La douleur me rongeait; plus puissante, la faim
A mes malheureux fils me réunit enfin!

Il s'arrête à ces mots et ressaisit sa proie;
L'œil ardent de fureur, il la ronge, la broie,
Semblable au dogue affreux qui, par la faim pressé,
Fait crier sous ses dents un crâne fracassé.

A C . . . . . . E.

Sois ou moins jeune ou moins jolie,
Je t'aimerai toute ma vie;
Avec l'âge heureux des amours,
La fleur de la beauté s'envole;
Mais, jusqu'à la fin de nos jours,
Des outrages du temps si l'esprit nous console,
Comment ne pas t'aimer toujours?

ÉPIGRAMME.

Qu'il est doux d'être né poète!
Disait Damon couronné de lauriers;
C'est pour mourir de faim le plus beau des métiers:
Encor faut-il que le ciel le permette!

FIN.

DE L'IMPRIMERIE DE FIRMIN DIDOT.